Collection "Patrie"

PAUL RAYMOND

# LA GUERRE SOUS TERRE

**40 c.**
Le récit complet illustré.

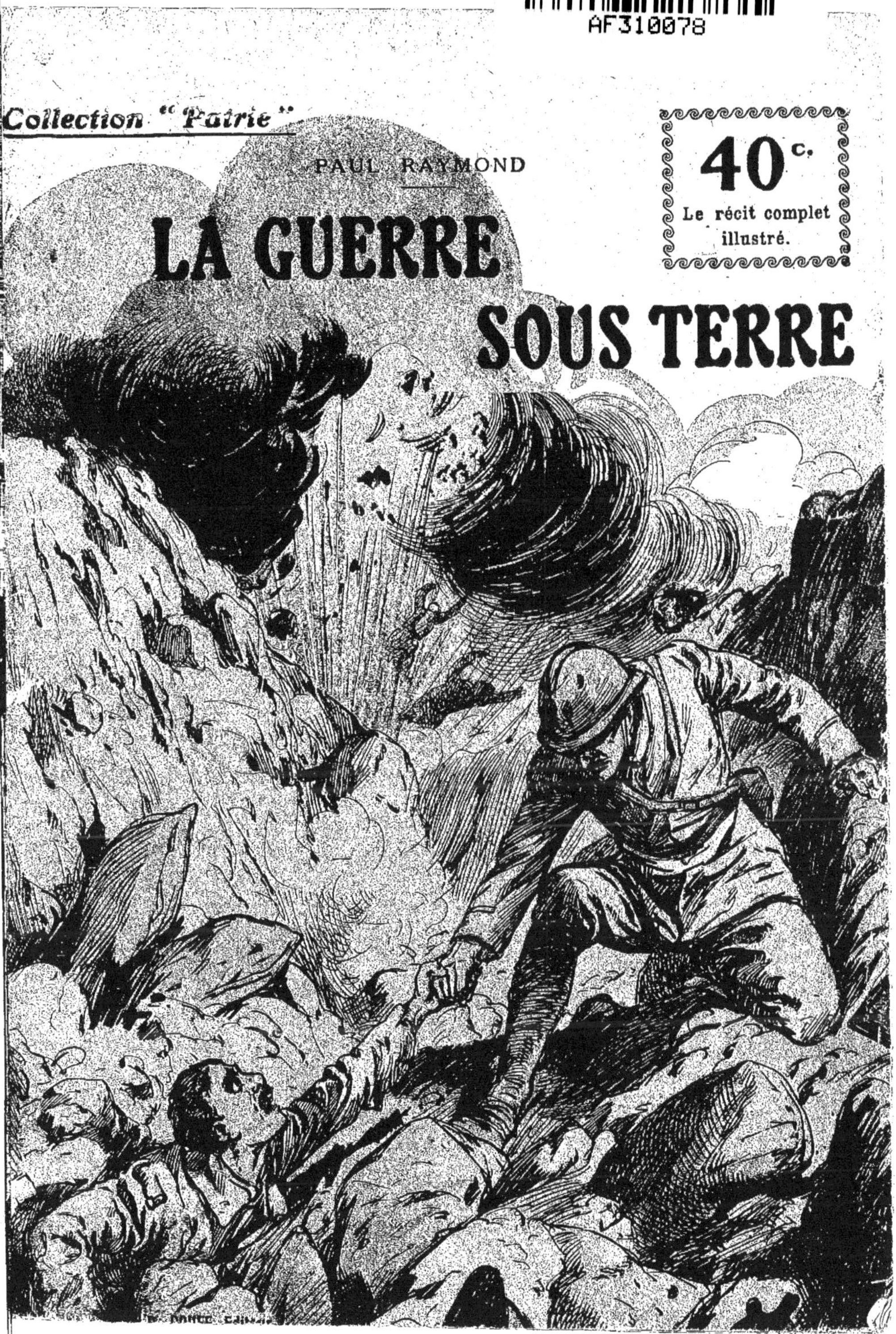

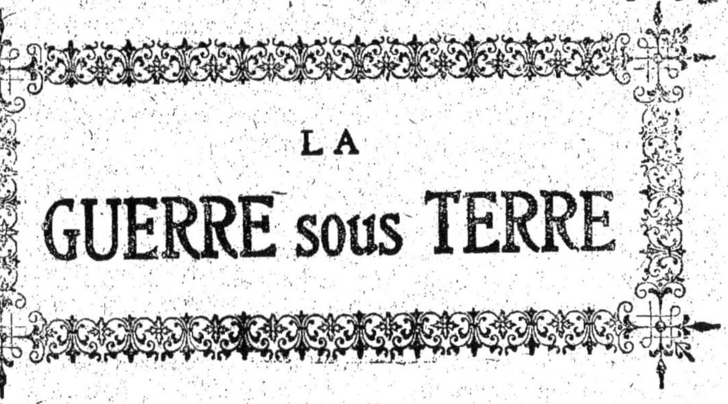

# LA
# GUERRE sous TERRE

## I

### « T'en fais pas... »

C'ÉTAIT en juin 1915.

Après un séjour assez long au grand repos à Nouvion, le ...ᵉ régiment d'infanterie, harassé de manœuvres, de revues et d'écoles de compagnie, avait gagné, en avant de Châlons, le village de Somme-Suippes.

Dans une grange, dont les murs à claire-voie laissaient passer également l'air du dehors et l'odeur de bouc d'une bergerie voisine, après une journée partagée entre les douches, l'installation des vivres de réserve et la soupe, la 3ᵉ section de la 11ᵉ compagnie, secouée par les aboiements peu convaincus mais violents des sergents, hâtait ses préparatifs de départ.

L'opinion des hommes était qu'une attaque les attendait et que ça allait barder sérieusement.

L'aspirant Carrier entra dans le cantonnement.

Il commandait la 3ᵉ section.

C'était un tout jeune homme, de la classe 14, un étudiant en philosophie, que la hâte du recrutement des cadres avait promu à son grade actuel dès les premiers jours de janvier 1915, et que, mieux que toute éducation militaire, la guerre avait trempé.

Les hommes l'aimaient.

Ses chefs avaient fini par lui reconnaître certaines qualités, encore que leur ancienneté dans les casernes leur eût fait considérer Carrier comme un « bachelier » bien gentil mais qui n'entendait rien aux choses militaires.

Carrier ne représentait pas.

---

Ses gestes gauches, sa parole ordinairement hésitante illusionnaient facilement sur la valeur de son commandement. Cependant il était l'homme des circonstances critiques et son sang-froid réel justifiait la confiance que les hommes avaient en lui.

L'aspirant Carrier annonça :

— Tout le monde dehors, en tenue, deux hommes resteront pour balayer la paille et ramasser les croûtons de pain.

Il y eut quelques grognements, quelques jurons d'hommes saouls; des « han! » lancèrent des sacs pesants sur des épaules lasses... des fusils s'entre-choquèrent, des quarts tintèrent... Homme par homme, la section sortit de la grange.

L'officier de jour, dans la cour de la ferme, rassemblait la compagnie en fumant un cigare.

Les sous-officiers commandèrent :

— Garde à vous!... A l'appel!

— Racarie!

— Présent!

— Merlin!

— ...sent!

— Prosper!

— Présent!

— Papoul!

— ...

— Où est Papoul??

— Absent...

— Aux feuillées...

— Durand Prosper!

— Présent!

— Durand Théodule!

— Dudule présent toujours.

L'appel égrenait ses noms.

Papoul, reboutonnant son pantalon en traînant son lourd barda, arriva comme on formait les faisceaux, juste pour en faire effondrer un, ce qui lui valut une bordée d'injures de la part de Dudule.

Le capitaine — un Corse — rassembla les chefs de section, leur montra sur la carte un itinéraire et les renvoya.

Comme l'aspirant arrivait, Dudule allant au-devant de lui, l'interrogea :

— On attaque, ça y est?

— Mais non, Dudule... Nous allons occuper un secteur en avant de Perthes-les-Hurlus, à la droite du Bois Sabot.

« On ne prévoit aucune attaque. Seulement, c'est un secteur à mines.

« Il s'agit d'ouvrir l'œil plus que jamais, d'avoir l'oreille fine et de savoir lancer une grenade.

« En somme, nous serons très tranquilles, paraît-il. Nous devons organiser la position. Nous travaillerons avec le génie.

— Le génie, c'est le filon, constata quelqu'un.

— Mais, si on saute, risqua Prosper.

— Ça n'arrive pas si souvent que ça... D'ailleurs, dès qu'une mine est signalée on se retire sur la seconde ligne.

Dudule hocha la tête et but un coup de gnole.

— A ce moment on entendit un bruit lointain sourd et l'on crut s'apercevoir qu'un moment avant la Terre avait tressailli...

— T'as pas senti?...

— Non...

— Si, je te dis...

— Moi j'ai senti comme si mes semelles a chaviraient.

— C'en est une...

L'aspirant sourit.

Sous le crépuscule bas, on vit à l'horizon, une fumée noire monter; des fusées pâles comme des étincelles électriques, dans le jour encore clair, s'épanouissaient...

D'autres, rouges, vertes, appelèrent l'artillerie...

De courtes salves grondèrent.

Les hommes s'étaient tus, inquiets de se sentir si proches de cette guerre nouvelle, de cette guerre qu'ils ne connaissaient pas, de cette guerre souterraine avec ses sapes, ses galeries, ses carrières, ses éboulements, et dont on ne savait rien, excepté ce que leur avait laissé entendre le mystère des brefs communiqués :

*« Lutte de mines en Champagne. Nous avons occupé la lèvre sud de l'entonnoir. »*

Une nuit épaisse et gluante envahissait le boyau... Un à un, lentement, les hommes avançaient, patiemment, sondant avec prudence les trous de vase, et sautant lourdement par-dessus, quelquefois s'engouffrant en plein dedans, bruyamment.

Au-dessus des têtes des hommes passaient et repassaient des sifflements...

— Bon Dieu de bois, songeait doucement Dudule, tout ça ne vaut pas Croix-en-Champagne... C'était bath, c'était le filon. Dire que quand on était là-bas, dans notre paille sèche — une paille maous, qu'était pas de la poussière en bâton — dire qu'on gueulait quelquefois qu'on voulait repartir en ligne! Ah! fils de gniaf! Le pâté de porc de la petite mère Lefin! avec sa petite saloperie de cidre doux! Et pasque la même Athénaïs m'a laissé tomber, je me faisais des cheveux! Ah! poteau... la philosophie!...

A un carrefour de boyau, des hommes, avec des carabines légères en bandoulière, recouverts d'une couche fraîche de craie, portant des outils, émergeaient d'un trou profond, plus à pic qu'une cagna.

Prosper reconnut des hommes du génie.

— Hé bien, ça va, là dedans?

— Comme ailleurs...

Les hommes les regardèrent curieusement, comme des êtres animés d'une vie spéciale, adaptés à une existence qui les épouvantait un peu.

...Et Dudule but un coup de vin.

Si peu qu'il se fût arrêté, celui qui venait derrière lui buta sur lui et l'accabla d'injures, criées à voix sourde, cette voix de la colère prudente particulière à la zone dangereuse... et derrière eux s'égrena toute une enfilade d'injures et de trébuchements qui se perdit dans le redan du boyau.

— C'est toujours ce cochon de Dudule, disait-on encore un quart d'heure après à la queue de la colonne.

*<br>* *

Dudule est de garde au créneau.

— Y a des trucs que je pige pas, dans ce bon Dieu de secteur, réfléchit Dudule. C'est pas que ça soye un secteur tout ce qu'il y a de plus moche. Parce que, pour dire le vrai, y a plus moche. Ça bardait autrement sur le Crassier... Y avait pas de pitié pour les canards boiteux, là-haut... Tandis qu'ici, paraît que quand les boyaux sont comme des rizières, on peut voyager sur le billard sans que Fritz vous embête... A part quelques torpilles, c'est plutôt calme... Les marmites, y en a pas des tinées; c'est plutôt pour l'arrière... Le flingot, on n'en joue vraiment pas de trop non plus...

« Mais les coups de mine, c'est ça qui m'a toujours débecqueté le plus... Et puis, moi, j'aime bien comprendre. Et voilà justement que je ne pige pas du tout... Mais alors, pas du tout...

« Il était tellement pressé, le copain du cinq-six-neuf, — ça se comprend, hein? j'aurais été tout comme — mais j'ai entravé qu' dal à ce qu'il m'a jaspiné sur la question des mines...

« Il m'a dit : T'en fais pas pour les mines... Ils en font une à gauche, mais t'en fais pas... Tu verras, qu'il m'a dit, et il en a joué un air... J'ai même pas eu le temps de lui réclamer d'esplications...

« T'en fais pas!... t'en fais pas!... C'est très joli, ça... On peut pas dire que Dudule s'en soit jamais fait bien lourd, mais tout de même...

« J'y comprends rien, à ce bon Dieu de secteur. Voilà! »

Et dans la cervelle engourdie, vacillante, enfiévrée de Dudule, l'énigme qui le tourmentait se représenta sans cesse à lui sous les formes les plus cocasses, espèce de cauchemar d'un comique lugubre, au cours duquel, à tout moment, éclatait une mine bienveillante qui projetait en l'air la compagnie et la laissait retomber sans lui faire de mal.

Dudule fut brutalement arraché à ce rêve.

Le pauvre homme s'était endormi debout, le front collé à l'embrasure du créneau.

Quelqu'un tirait violemment sur sa capote.

— Tu dormais, sacré Dudule!

— Moi, non, mon aspirant...

— Tu ne t'en es pas aperçu, mais surveille-toi. Tu n'entends rien?

— Quoi?...

Des hommes en pantalon et chemise suaient au travail du pic... (p. 7).

— Ecoute bien... Ils sont en train de creuser une mine. Y a des moments où on perçoit très bien les coups de pic.

Dégrisé de son sommeil, Dudule, ayant bu un coup de vin, écouta.

— J'entends... ah! c'est bien ça... Tant qu'on les entend, hein? c'est pas encore pour tout de suite... Faut prévenir le génie... Et puis on doit travailler avec le génie, que vous nous avez dit, pas?... Ah! c'est bien ma veine!... Juste ce qui me dégoûte le plus...

L'aspirant souriait.

— Y a pas lieu de s'en faire, Dudule.

L'héroïque Dudule, entendant l'aspirant répéter l'étrange phrase du copain du cinq-six-neuf, en fut saisi d'ébahissement.

— Vous aussi? demanda-t-il, sans pouvoir plus clairement s'exprimer.

— Comment, moi aussi?

— Ben oui... Y avait un copain du cinq-six-neuf qui m'a dit juste la même chose : Y a pas lieu de s'en faire... Ecoutez, tous savent à la section que vous n'avez pas les foies tricolores quand ça barde. Mais moi non plus? Hein?...

— T'en fais pas, Dudule, répéta l'aspirant. J'ai des tuyaux, et des tuyaux précis. A part les mines, le secteur est calme.

— Oui... à part les mines...

— Mais voilà : tout à l'heure j'ai vu un agent de liaison du 150°

chasseurs. Hier soir, une mine boche a éclaté, là-bas, à notre gauche... Tu sais, celle que nous avons vue et entendue, au départ... 12.000 kilos de cheddite, paraît-il...

— Bon Dieu! qu'est-ce que ça a dû faire comme dégâts!...

— Comme dégâts? De la terre, beaucoup de terre déplacée.

— La terre, on s'en fout. Mais les copains qui étaient là, qu'est-ce qu'ils ont pris!

— Rien.

— Rien! Sans blague!

— La veille, un prisonnier avait débiné le truc.

— Ah! ça, c'est de la veine...

— Il y a dix jours, douze jours, le même coup s'est produit. Toujours par ce même boyau international. Tu sais, celui qui est là... là où tu vois un homme...

— Un prisonnier?

— Oui... Depuis deux mois, c'est comme ça...

— Une guerre d'usure, railla Dudule, approbateur et rasséréné.

## II

### Dans la mine

Nॱote du commandant de compagnie :

« La 3ᵉ section du ... sera mise à la disposition du génie.

« L'aspirant commandera lui-même le groupe de travailleurs et veillera à l'exécution des travaux.

« La 4ᵉ section, actuellement en réserve, occupera le secteur de la 3ᵉ. »

Quand le caporal Prosper communiqua l'ordre, Dudule n'y vit d'abord qu'une chose :

— Si la 4ᵉ section prend le secteur de la 3ᵉ, la 3ᵉ se reposerait en réserve dans les abris de la 4ᵉ, qui sont vastes et aménagés à souhait.

Pour le travail, remuer la terre avec le génie, c'est toujours remuer de la terre.

Racarie demanda si on aurait la ration de pinard du génie...

Papoul s'inquiéta de savoir si la soupe serait portée par les cuistots de la 3ᵉ ou par ceux de la 4ᵉ, parce qu'il avait demandé à l'homme de corvée de lui rapporter « des oignons ».

— Bec d'andouille! lui dit Dudule, tu sais bien qu'ils sont trente-deux à la 4ᵉ et que nous on est vingt-six. C'est une affaire, si on a la soupe de la 4ᵉ.

Cette discussion alimentaire, après avoir été un moment un peu vive, se calma.

L'aspirant amena son monde. La relève se fit sans incident.

A l'heure fixée, les consignes étant données, la première équipe de six hommes se présenta au puits 39.

Le puits 39 était en seconde ligne, avec une sape basse où l'on pouvait néanmoins se tenir debout en se courbant et par où sortaient et rentraient de petits wagonnets vides ou surchargés de terre, qui circulaient le long d'un plan incliné.

Là dedans, ça sentait la craie humide, l'homme et le tabac.

L'aspirant, précédé d'un officier du génie, conduisait son équipe dans le souterrain, guidé par une lumière vacillante de chandelle qui jetait un jour rouge sur les murs à un coude de la sape.

En ce point, un véritable puits était creusé, étayé d'ais de bois, et dont le fond semblait être au diable...

Un bourdonnement incessant remplissait l'air raréfié du sous-sol et l'on percevait des trépidations de moteur.

— La perforatrice, dit l'officier du génie. A dire vrai, vous en entendez deux : la nôtre et celle des pionniers allemands. C'est ici que nous sommes le plus rapprochés des Allemands. Vous avez remarqué ou vous remarquerez cette chose bizarre que, étant à la surface du sol, vous entendez venir le bruit de la perforatrice de tous les côtés.

— Où sommes-nous actuellement?

— A hauteur de la première ligne française.

— A quelle profondeur?

— Six mètres tout au plus.

« Nous allons descendre plus bas maintenant. »

Les hommes se taisaient. Dudule, inquiet, monologuait. Il voyait soudain la mine d'un œil sympathique.

— C'est pas que ça soye très rigolo, mais moi, j'ai du goût pour les nouveautés. Ben, ça me plaît, ça... C'l'histoire de mines, la guerre là-dessous, ça a des avantages.

« D'abord on risque pas de r'cevoir des bombes sur l'tournant, pis, y a pas d'créneaux repérés. C'est comme si on ferait toute la guerre dans un abri. Ah! si ils sont vernis, les types du génie... Du repos, du pinard, et pas de garde au créneau...

Il s'arrêta, son tour étant arrivé de s'engouffrer dans le puits sans fond. Il passa sa pioche à Papoul, avec l'idée de la lui laisser, et descendit en pestant contre le puits, le métier et la guerre.

La sape inférieure n'était qu'à une dizaine de mètres de la première; elle se prolongeait très loin avec des embranchements où des hommes en pantalon et chemise suaient au travail du pic, sous des fanaux.

— Nous voici arrivés près des premières lignes allemandes, dit l'officier du génie... Recommandez le silence à vos hommes. Vous savez ce que vous avez à faire. Autant que possible, 75 centimètres par équipe... Du silence! Je vous laisse. On interrompra le travail à heures fixes pour les écoutes.

L'aspirant répartit les travailleurs entre les trois sapes, à part quelques-uns qu'il fit sortir, et laissa un sergent qui prit la garde.

Il faisait là dedans à la fois chaud et froid. De lointains ventilateurs envoyaient des courants d'air chargés d'odeurs fades par les couloirs des sapes. Dans la craie sonore, les martèlements des pics, la chute des blocs, le calage des boisages se mêlaient à la basse incessante de la perforatrice comme autant de bruits inquiétants... La lueur des bougies, incertaine, dansante, allongeait de grandes ombres bizarres sur les murs.

Papoul ne se sentait pas à son aise. Il avait froid.

— Ainsi, pensait-il je suis chez les Boches... Les Boches sont au-dessus de ma tête, comme j'avais sous mes pieds des Boches quand j'étais en première ligne... Oui... Ben, je peux pas blairer ça.

Dudule écouta.

Il entendait parler dans le mur. Il fit signe à Prosper qui, à genoux, piquait la terre au niveau de sa tête, de s'arrêter. Il mit le pied sur la pelle de Papoul. Le sergent s'était approché...

On entendait des voix rauques prononcer des paroles incompréhensibles.

— Ils sont là, dit Papoul.

— Pas loin. Prosper, va prévenir le sergent du génie.

Prosper sortit et ramena le sergent du génie, un homme aimable, distingué encore sous une couche de boue et de terre qui le blanchissait de la tête aux pieds.

Il ne parut pas étonné.

— Un camouflet est prévu pour démolir la sape allemande. Nous connaissons exactement son tracé, dit-il. Le pétard est même bourré.

Et il désigna un point devant lequel des sacs de terre étaient massés.

Il dégagea la mèche à l'abri des sacs.

Les hommes se remirent à travailler, abattant les quartiers de craie, poussant à pelletées la terre jusqu'à l'orée du puits, s'arrêtant parfois pour boire dans le silence peuplé seulement de chocs sourds...

Bientôt les écouteurs arrivèrent, des soldats du génie, des mineurs de profession.

On arrêta le travail.

Dans le silence complet qui se fit alors, Papoul, retenant son souffle, l'oreille au mur lui aussi, ne perçut plus que les bruits allemands qui seuls continuaient. Le bourdonnement d'une perforatrice, des voix encore, à intervalles, des pas, des allées et venues, une chanson qui parvenait très faible à travers la pierre de la surface...

Puis on entendait des rires, un bruit d'outils qu'on traîne, une marche lente dans la sape allemande, des bottes s'en allant... Des bruits de pics plus lointains arrivèrent seuls...

— Ils sont partis, les vaches, constata Papoul.

Le sergent du génie était revenu et, depuis un moment déjà, écoutait.

— Evacuez la sape, dit-il, nous allons faire sauter le camouflet.

Ils sont barrés... chuchota Dudule.

— T'en fais pas, lui répondit le sergent. Ils auront du travail ce soir.

*<br>**

Toute la sape se vida. Le feu fut mis. Le camouflet sauta.

Cela ne produisit à la surface qu'une très légère commotion. La terre trembla un peu. Il n'y eut pas de gerbe de terre.

Dudule s'étonna :

— C'est tout ça? Ça leur a pas fait grand mal...

On attendit un moment, puis, dans la sape obscurcie par une fumée opaque peu respirable que balayait heureusement un vif courant d'air, toute l'équipe, précédée de soldats du génie, redescendit.

— C'est réussi, et y a pas trop de dégâts chez nous.

Dans la sape basse, les boisages disloqués avaient laissé s'ébouler de la terre, des parties de poutre s'étaient effondrées et, par endroits on ne pouvait plus passer qu'à plat ventre, en rampant.

Un vaste trou béait, percé de haut en bas par les pétards dans la terre ameublie, noircie, qui avait rejailli loin dans la sape éboulée.

Une odeur de poudre et de laboratoire de chimie demeurait obstinément, malgré l'appel d'air violent qui venait du trou, comme si elle se fût incrustée dans les parois.

L'officier du génie envoya deux sapeurs reconnaître le trou produit par le camouflet.

Prosper, désigné pour les suivre, portant des outils, se glissa derrière eux.

Dudule, depuis qu'il était descendu dans la mine, avait perdu sa belle confiance et son enthousiasme des premières minutes. Il toussait à pleurer et jurait tant qu'il pouvait.

— On m'les a mis, confiait-il à Papoul qui levait la terre. On me les a mis... C'est pas l'filon... A crever, j'aime mieux crever là-haut qu'ici. On est pis qu'les rats... J'en ai marre... plus que marre!... J'y dirai, à l'aspirant; j'y dirai... Suppose seulement qu'ils nous fassent ce qu'on leur a fait... c'camouflet... hein? Oh, j'sais bien, y a les prisonniers... Ça ne fait rien, j'en ai mes bidons... J'en ai mes bidons!

Sa comparaison l'amena à boire un coup. Il apprécia grandement que ce fût Papoul qui lui offrit sa gourde. Quand il eut bu, il dit, sans conviction mais avec la force de l'exagération :

— Si j'devais viv' tout l'temps là dedans, j'me ferais plutôt sauter l'caisson!

Le lent travail exténuant, qui brise les reins, reprit...

Soudain, on entendit une course rapide, un bruit d'éboulement, et Prosper, râclant la terre du ventre et du dos, émergea du trou, la figure noircie de fumée, les yeux désorbités, une carabine allemande couverte de boue à la main... Il tremblait comme une feuille...

— Ben quoi, qu'est-ce que c'est, Prosper... t'as les grelots? dit Dudule.

Prosper paraissait très excité :

— La preuve que je les ai pas, les grelots, tiens! (Il montrait la carabine.) La preuve... J'les ai vus, les Boches, j'les ai vus, moi, Ah! mon salaud! Ils nous sont tombés dessus à un carrefour! Tu comprends, le trou donne sur la sape allemande... On s'est engagé là dedans, on s'est traîné comme on a pu dans un tas de démolitions! Ah! tu parles d'un bon boulot! Puis, le boyau s'est amélioré, on est arrivé dans un endroit bath éclairé à l'électricité. On voyait, tout au fond, le jour!

« On était en plein dans les lignes boches. J'rigolais... Tout d'un coup, il en est sorti des tas d'une sape, en gueulant, en gueulant! Ah! mon vieux. Y a pas eu le temps de dire ouf! Ils étaient sur les copains du génie, ils les empoignaient à bras le corps. J'ai vu que ça... On les a pris... Moi, j'étais encore dans l'ombre. J'ai lâché les outils... J'en ai profité... Je les ai mis; en courant je me suis fichu par terre contre ça... J'ai ramassé... J'ai entendu qu'on m'courait après... Je m'méfie... Me v'là... Faut vous méfier...

« Ah! il est bath, mon fusil... »

On se le repassa de main en main. Dudule le regardait avec un œil d'envie.

Le sergent du génie fit établir un barrage de sacs et, le travail fini, renvoya « la 3ᵉ section du ...ᵉ », qui, après un bref répit, reprit son secteur.

— Vous avez pu constater, disait aux hommes le sergent du génie en les raccompagnant quelques pas. Quand on sait s'y prendre avec prudence et sagacité, y a moyen de faire de la guerre de mines quelque chose de pas trop intolérable. En somme, ici, depuis ces terribles attaques de mars, où Français et Allemands, chacun leur tour se firent prendre dans les fils de fer comme bancs de sardines dans une nasse, nous ne nous livrons qu'à une guerre ralentie... Et c'est pourtant une guerre assez atroce pour ce qu'elle comporte de sournoiseries et de soudaineté... On ne s'en doute pas, à l'arrière... Un coup de mine, ça ne fait jamais un communiqué magnifique; et les civils lisent ça sans y penser, comme une réclame pour les pilules purgatives ou le savon automatique...

### III

**La trombe de terre**

Dans l'obscurité de la cagna, les hommes, accroupis dans la glaise froide, causent en fumant.

Une demi-douzaine de fanaux rouges, les fourneaux de pipes, remuant doucement, s'éteignant presque, et tout à coup, dans les silences, se rallumant, éclairent de bas en haut, d'une confuse lueur sanglante, des visages graves aux rides encrassées de boue.

Les hommes s'arrachent mal au silence de l'inquiétude, dont ils ont peur, cependant.

Ils s'obstinent à parler pour n'entendre pas les coups de pic toujours plus précis et plus sonores, qui semblent compter les minutes du temps qui leur reste à vivre.

On ne les entend plus depuis quelque temps, remarqua Dudule.

— Voilà, mon vieux, la dixième fois que tu nous dis ça...

— Tout de même, j'étais en train de me dire la même chose que Dudule, avoua un autre.

Les fourneaux des pipes, avec un ensemble spontané, rougeoyèrent plus fort, comme s'ils avaient participé de l'énervement silencieux des hommes.

— C'est pas la section qui prend la garde au boyau international, cette nuit?

— Oui, c'est au tour de Papoul.

— Tâche de ne pas faire l'andouille, Papoul, conseillèrent les camarades.

— Papoul, tu connais la consigne? demanda Dudule.

— Oui, dit Papoul.

— Si tu vois un Boche, qu'est-ce que tu fais?

— Je le bousille, dit Papoul.

— Nom d'un foutre! Abruti! Qu'est-ce qu'on t'a dit de faire si tu voyais un Boche, cette nuit?

— La consigne, dit Papoul.

— Qu'est-ce qu'on t'a dit de faire, face de crabe? Veux-tu nous faire sauter tous, jambes-de-nouilles?

— Et ta sœur? dit Papoul.

Dudule eut peur. Il écarquilla les yeux dans l'obscurité, pour distinguer à la lueur des fourneaux de pipe la tête de Papoul.

Il gratta une allumette — malgré leur rareté — comme pour rallumer son brûle-gueule, et considéra anxieusement ce long bonhomme sans âge, sans regard, débonnaire...

Dudule eut peur. Sa vie, la vie des copains entre les mains de Papoul...

Que lui faire comprendre, à ce pauvre être simple d'esprit, et aux dépens duquel Dudule, avec une cruauté facile, avait obtenu des succès d'hilarité de la compagnie, depuis tant de mois.

Dudule voulut se faire bon copain, un peu flatteur, même; il essaya des excuses.

— Ecoute, Papoul. On t'a quelquefois un peu blagué. Mais tu t'amuserais pas à jouer au ballot, à nous faire tous sauter, et toi avec, hein?

Papoul crut deviner qu'une farce se préparait à ses dépens, et se borna donc à répéter, simplement, sa précédente réponse.

— Mon vieux Papoul, tu as entendu ce que les copains disaient, hein? Tu sais que les Boches creusent une mine juste en dessous de nous, de toi, hein? Tu sais que c'est la cinquième ou sixième fois que ça se produit dans le secteur depuis quelques semaines, hein? Tu sais ce qui est convenu? Hein? Dis-le voir? Blague plus, Papoul... Tu nous possèdes, en ce moment... Oui... c'est entendu. Toutes les blagues qu'on t'a faites depuis la guerre, aucune ne vaut celle que tu fais en ce moment... Dis, Papoul, tu sais ce que ça voudra dire, si tu vois un Boche venir par le Boyau International? Ce sera un type qui se fera faire prisonnier pour nous dire quand la mine sautera... Hein? Alors tu le bousilleras pas... hein?

Il y eut un long silence. Personne n'osait injurier Papoul.

— On entend quelque chose, dit un homme.

— C'est Merlin qui lime une bague. Voyons! Tout de même...

— Dites donc, les gars. Je vais prendre la place de Papoul, annonça Dudule. J'aime mieux ça.

— C'est peut-êt' pas pour ce soir?

— Tant pis. Papoul a gagné. S'il voulait couper à la faction, il n'avait pas mieux à jouer.

Une voix un peu étouffée parvint aux hommes comme à travers la terre, d'en haut :

— La 3e?

— Oui.

— La faction du boyau.

Papoul et Dudule se levèrent.

— Reste, Papoul. J'y vais à ta place.

— Non.

— Papoul, je te dis que tu n'as qu'à fumer tant que tu veux, chiquer, roupiller...

— Non.

— Tant pis. Ça va. Je l'accompagne.

— Tu peux te débiner, vieux, chuchota Dudule à l'oreille de celui qu'il relevait.

— Vous êtes deux, maintenant? demanda l'homme.

— T'en fais pas. Il est dingo. Ce soir c'est grave. Je le surveille.

— Ah!.., oui... Papoul?

— Bonsoir.

— Dudule et Papoul restèrent en présence.

— Papoul, va roupiller...

— Non.

Aussitôt, Dudule, qui avait l'oreille fine, perçut un pas rapide et léger qui s'approchait...

Dudule, oubliant toute prudence, s'avança dans le boyau jusqu'au redan.

Les pas s'approchaient.

Dudule ouvrit son couteau et se dissimula dans une sorte de niche.

Les pas s'approchaient toujours davantage... Un homme parut. Quand il fut contre lui, Dudule, sortant à demi de sa niche, le jeta par terre d'un croc en jambe.

— Kamerad...

Dudule le fouilla. Il était sans armes.

— Viens!

Dudule passa devant Papoul qu'il bouscula et lui dit :

— Un prisonnier que j'amène au capitaine. Si tu y touches, je te bousille.

Papoul, qui se bornait à exécuter la consigne, ne bougea pas.

Faisant passer son prisonnier devant lui, Dudule, le dirigeant par gestes, amena l'Allemand au poste de commandement.

Quelques minutes après que le prisonnier était entré dans le gourbi, deux hommes sortaient en courant, et l'un d'eux tournant à droite, l'autre à gauche, donnaient l'alerte, de cagna en cagna.

Les hommes sortaient en hâte, traînant des équipements qu'ils n'avaient pas pris le temps de boucler, et se bousculaient vers les boyaux d'évacuation, à peine maintenus par des chefs aussi anxieux que les soldats de quitter les premières lignes.

On entendait des voix impérieuses — des voix sans timbre.

— Merlin, je vous défends de monter sur le parapet.

— Ils n'avancent pas...

— Je m'en fous. Si vous vous faites repérer, on avancera encore moins.

— Bon Dieu! J'ai oublié ma gourde!

— Papoul est prévenu?

— Il est derrière nous.

Le dernier, Papoul quitta la tranchée déserte.

Les hommes encombraient les secondes lignes et, dans la

Et il braque sa lampe électrique sur deux cadavres... (p. 20).

nuit, la voix encore basse, se cherchaient, se regroupaient, achevaient de se harnacher.

Personne ne manquait à l'appel.

— C'est peut-être une blague, cette mine, dit un officier.

— Ça serait le meilleur filon pour commencer un assaut, suggéra un sergent.

— Le Boche le paierait cher, par exemple.

— J'ai bien fait de ne pas me presser, dit avec satisfaction un officier... J'ai pris tout mon fourbi avec moi... J'étais en train de lire une chose de Colette Willy : *La Paix chez les Bêtes*... et voilà que...

— Tonnerre de Dieu! J'ai oublié ma lorgnette!

« Duval! Où est-il, l'animal? Cherchez mon ordonnance, voulez-vous?

— Voilà, mon capitaine. Je suis là.

— Ecoutez, Duval. Vous serez bien gentil. Cette mine, c'est sans doute une blague. Pouvez-vous me chercher ma lorgnette? Vous savez où elle est? Dans le petit secrétaire en acajou, deuxième tiroir à gauche? Si vous avez peur, j'y vais.

— J'y vais, mon capitaine.

— Prenez ma lampe électrique. Vous aurez fait plus vite.

Respectueux, horrifiés, les hommes s'effacèrent pour laisser passer Duval, qui partit en courant.

Un silence mortel s'établit.

De longues minutes passèrent.

— Duval y est, pensait-on.

Le capitaine, qui avait accompagné, par la pensée, Duval tout le long du boyau, croyait le voir fouillant l'abri du jet blanc et froid de la lampe, ouvrant le secrétaire, prenant la jumelle, repartant...

— Il est hors d'atteinte, je crois, maintenant, dit le capitaine.

— Je crois aussi, répondit le lieutenant qui s'était glorifié de son sang-froid.

— C'est un brave, ce Duval, je le ferai cit...

Un ébranlement du sol l'interrompit, un ébranlement mou, nonchalant, énorme, un vacillement de l'air et du sol, et du cœur des hommes.

Un fracas total, éblouissant, craqua dans les cervelles. Une lueur brûla les yeux qui s'étaient fermés d'instinct.

Un long silence... un silence d'un dixième de seconde, peut-être.

Dudule rouvrit les yeux et vit très haut dans le ciel sombre des choses rougeoyantes qui montaient lentement...

Tous se courbèrent d'instinct...

Et commença la pluie pesante et fracassante des blocs de terre, des fragments d'acier qui se fichent en terre en sifflant, des poutres fumantes, des sacs de terre rapides comme balles de plomb, de ces débris titaniques informes.

Et de nouveau, s'établit un silence de tombe.

Mais, tout à coup, toutes proches, éclatèrent de rauques détonations. Un tonnerre souterrain grondait d'abri en abri, des fendillements silencieux éboulaient la terre, et les hommes, épouvantés, tentèrent de bondir hors de la tranchée qui se refermait sur eux comme une bouche.

Il y eut des cris de noyés, des appels déchirants, qui percèrent la terre effondrée sur les rondins rompus.

Un nivellement légèrement affaissé, une terre meuble, des blocs détachés indiquaient l'ancienne seconde ligne d'où se hissaient avec des lenteurs d'insecte les hommes épuisés de terreur et tremblants encore de la commotion.

Dudule pleurnichait à petites gorgées.

— Ah! poteau, murmurait-il — car il se tenait volontiers de sages monologues — vieux frère, tu viens de te la sauver encore ce coup-ci, sacré veinard. Ça fait plaisir de se peloter les tibias et le bréchet, après ces coups de chiens-là... C'est bon de sentir qu'on ne se sent rien, nulle part...

— Dudule...

— Quoi, vieux? Où ça que t'es?...

— Là, près de toi... Je peux pas me sortir...

— C'est toi, Merlin?

— Oui... aide-moi...

Il fallut l'aide de deux ou trois camarades pour dégager l'éboulis de choses fracassées sous lequel, à demi écrasées, gisaient les jambes de Merlin.

— Appelle les brancardiers, gémissait Merlin.

— T'en fais pas, poteau, t'as le filon maintenant, répondaient les camarades pour consoler le blessé.

Tout à coup, comme un choc en retour de l'explosion de la mine, toute l'artillerie française tonna.

Emanant d'une pétarade éblouissante, un essaim de mouches gigantesques passa, sans arrêt, en un seul sifflement infini, au-dessus des têtes fatiguées des hommes.

— Le barrage, murmura Dudule. C'est pas fini, ça commence. A nous les grenades... T'en fais pas, mon vieux Merlin... C'est toi qu'as le filon... Veux-tu changer?

— A boire...

Les brancardiers s'approchaient.

Comme ils le soulevaient pour le poser sur le brancard, le blessé eut une contraction du thorax; il releva brusquement la tête, envoya dans la figure du brancardier qui le tenait aux aisselles, un grand jet gluant, et mourut.

<br>

## IV

### Le repos

Un soir blafard de printemps triste plombait de lividités pénibles les plaines de Champagne.

Les hommes, troupeau fourbu, vieux, lent, leurs yeux brûlés clignotant aux rayons blancs du soleil couchant, émergeaient des tranchées et s'avançaient des deux côtés de la route crevassée de fondrières, vers le village du repos.

Sans plaintes, sans défaillances, d'un pas douloureux et chaviré de fatigue, mais égal, ils marchaient.

Faces noires, avec des emplâtrements de boue fendillée par les rides de la peau; vêtus de boue du képi aux souliers; énormes et moyenâgeux sous leurs peaux de bête sanglées aux reins; appuyés sur des bâtons informes, ainsi revenaient-ils de la bataille. Et s'ils avaient eu la force d'exprimer leur bonheur, ils l'auraient hurlé: une seule pensée leur restait claire, claire comme ce pâle soleil brûlant encore sur la terre funèbre et ravagée : encore cette fois-là, ils étaient revenus, et devant eux ils avaient la certitude radieuse d'une éternité de six jours de vie !

Un sifflet retentit. Le troupeau des hommes s'arrêta.

— Rassemblement sur deux rangs !

Les survivants se reformèrent, et quand le bruit des souliers sur la route caillouteuse eut cessé, la voix coupante de commandement reprit :

— Garde à vous !

Un frisson bref répondit à l'ordre.

— Au temps ! Repos ! Les hommes ne doivent pas exécuter le commandement avant qu'il n'ait été transmis par les chefs de section !... Garde à vous !... Au temps ! Il y en a encore au moins la moitié qui se sont trompés !... Garde à vous !

En écho, les chefs de section répétèrent :

— Garde à vous !

Et la voix de commandement reprit :

— A la droite par quatre !... Droite !... En avant... Marche !

— On dit que le quartier général de la Division s'est installé ici, mon commandant, questionna un jeune officier.

— Effectivement. C'est pour cela que je veux que mes hommes aient une tenue correcte.

*<br>* *

— Il fait chaud, dit Papoul.

Cette constatation fit rire puissamment les camarades.

Il faisait au contraire un petit froid sec, mais Papoul avait chaud à force de remuer la terre avec sa pelle.

Papoul était justement renommé pour sa force de terrassier. Il en était fier. C'était là sa seule force. Et, soucieux de la montrer, il s'épuisait en pelletées géantes.

— Tu parles d'un boulot, reprit Dudule. On vient ici au repos. On sort d'un casse-gueule. On est flapi. Tu crois que le repos c'est fait pour se reposer ! C'est dans le civil qu'on se repose quand on est au repos. Ici, le repos consiste à faire le jacque, à creuser une tranchée comme au cinéma, et quand elle est creusée, à la remplir de nouveau. Voilà !

Et Dudule jeta sa pelle avec mépris.

— Maintenant, j'en fiche plus une datte. Je suis pas costaud comme Papoul, moi, je peux pas boulonner sans arrêt. C'est épatant, c'qu'il en a, Papoul !

Clignant de l'œil vers Racarie, comme pour lui dire : « Pendant que je lui fais des compliments, le copain s'appuie ma corvée », Dudule s'assit sur la terre douce fraîchement remuée, tira de sa poche un paquet de fin acheté la veille, roula une cigarette et fuma doucement, d'air heureux.

— Ça fait plaisir de se dire qu'on est sorti de là! Hein, tout de même, Racarie! les poilus qu'auront vu ça, tout de même, hein? Ils auront un peu plus que les autres le droit de l'ouvrir, après la guerre!

— Ah! pour sûr, dit Racarie.

Dudule retomba dans sa calme rêverie.

Tout à coup, il jura, se leva d'un bond et se frappa le front comme s'il avait oublié quelque chose d'essentiel.

— Qu'est-ce qui te prend, Dudule? questionnèrent les camarades. T'es piqué?

— On a oublié... Bon Dieu! Je suis sûr... Les copains, savez-vous si on a transmis la consigne rapport aux mines?

— Quelle consigne?

— Et pâté de foie! le truc boche des prisonniers!

— Ah! c'est vrai... Je sais pas...

— Moi non plus...

Aucun ne savait rien.

Dudule questionna tous ceux qu'il rencontra : soldats, caporaux, sous-officiers...

— Faut que je voie l'aspirant, se dit Dudule.

Il le trouva dans une petite chambre de paysans, une jolie petite chambre gaie, avec de gros meubles ventrus et luisants.

Le jeune homme était en train d'écrire, et Dudule remarqua cette chose curieuse qu'il n'écrivait que sur un seul côté du papier, et qu'il y en avait beaucoup d'écrit déjà.

— C'est pas une lettre, pour sûr, pensa Dudule. C'est peut-être un livre...

Et Dudule vénéra le jeune aspirant.

— Que veux-tu, mon vieux Dudule?

— Mon aspirant, c'est pour vous demander si la consigne rapport aux prisonniers boches et aux mines a été transmise. Les copains ne savent pas. Aucun d'eux n'y a pensé.

— Ah! oui, en effet... C'est sérieux, dit l'aspirant en posant sa plume. Je ne m'en souviens pas non plus... Je demanderai au commandant... On pourrait même le faire prévenir... C'est le 1re bataillon?

— Oui, mon aspirant.

Je vous remercie, Dudule. Vous avez bien fait d'y penser.

Dudule salua et sortit. Il rejoignit la grange de son escouade, Mais déjà les hommes de soupe arrivaient, chargés des galetouses fumantes et des bouteillons augustes remplis de vin.

— Au pinard! Au pinard! clamaient les hommes.

Dudule bondit à son coin et se précipita à la distribution, muni de son gobelet géant, de sa gamelle sonnante et de son couteau.

Et lorsque, la soupe finie, les hommes sortirent dans les rues du village, en groupes lents et lourds, emplissant les cabarets, se tassant sur des bancs étroits, ce fut encore, ce soir-là, Dudule, qui, le premier, grimpa sur une table, acclamé par les camarades, et chanta son réper-

toire, depuis *Cousine, cousine!* jusqu'à la dernière chanson populaire
de la guerre, la terrible *Chanson de Lorette*, qui fait pleurer les
combattants.

A huit heures et demie du soir, Dudule était saoul comme la
Pologne. Il avait tout oublié : la guerre, Athénaïs, et la consigne à
passer au 1er Bâton.

# V

## Dans la terre démontée

L E repos consiste, en somme, à substituer les petits embêtements
du cantonnement aux grands dangers des premières lignes.
Il faut louer le commandement de cette ingénieuse psycho-
logie des hommes, grâce à quoi ce n'est plus avec de lâches soupirs
que les soldats repartent, sac au dos, vers les tranchées. Ils y retour-
nent le corps reposé, l'âme simple, indifférente, naïvement farouche
— sans penser.

Lorsque le bataillon remonta, son moral était réellement bon. Les
bavardages atteignaient, par instants, à de grosses gaietés brèves.

Seul de son escouade, Dudule, morose, « s'en faisait ». Mais par
une sorte de bravade vis-à-vis des autres et de lui-même, il parvenait fort bien à sortir de sa mélancolie, à oublier son inquiétude,
et à lancer de sa voix formidable des puissantes blagues dont on
riait fort, et longtemps.

— C'est calme, ce soir, dit Papoul.

— Attends un peu d'être seulement en seconde ligne pour te
vanter, poteau.

Papoul avait raison. Jamais relève ne fut plus facile que celle-là.

En première ligne, c'est la trêve. Il pleut dru. Le silence du feu
laisse entendre la patiente désolation de l'eau chanter, monotone,
dans la tranchée.

— Pas de veine, grogne Dudule en entrant dans l'abri.

— De quoi?

— Pas pu poisser un seul copain du 1er Bâton pour y demander...

— Y demander quoi?

— Eh, tomate! y demander quoi! tu le sais bien... tu penses qu'à ça... Et tu veux faire faire le crâneur... Pauv' vieux... t'es comme nous... Demande-leur, aux copains, s'ils savent de quoi je cause?

— On les entend, dit un homme après un silence.

— Non, c'est un rat que tu viens d'entendre.

— Et c'est pas des coups de pic, qu'on entend...

— Tu crois qu'ils bourrent?

Un long silence retombe.

— Je vais y aller voir moi-même, songe Dudule.

— Voir quoi? demande un homme.

Dudule, étonné d'avoir pensé tout haut, répond, énigmatique :

— T'en fais pas !

Laissant ses camarades à leur anxiété muette, Dudule se dirige lentement vers le Boyau international. Il hésite. Il lui monte dans la conscience comme des bouffées de honte : il a peur. Il a peur de la mine... il a peur d'entrer dans le boyau...

Puis Dudule, en prenant son parti résolument, marche vers le carrefour étroit aux murs de boue et de cadavres... Il va tourner...

Un soldat l'arrête :

— Passe pas, mon vieux. Ordres formels.

— Passe pas? Mais c'est Dudule. Je vais pas chez Fritz, sois tranquille. Je vais voir si c'est vrai qu'y a deux cadavres boches tout frais, qu'on a tués ce matin... ceux du 1er Bâton. Si tu es renseigné là-dessus, j'insiste pas. Tu vois que je te conte pas une blague.

— Mon pauv' vieux... La consigne... Moi, hein? je m'en fous... Mais la consigne, c'est la consigne.

— Tu sais pas si y a deux cadavres boches, par là?

— Je sais pas.

— Alors, je vais y voir.

— Non.

— Fais pas la vache... Tiens, bois ça pour te donner de la patience.

Le factionnaire repousse cette offre maladroite où il voit une tentative de corruption.

Voyant que l'homme-consigne reste impassible, Dudule essaie la persuasion. Il explique l'affaire :

— Tu comprends, paraît qu'y a une mine boche qu'ils bourrent là-dessous. Alors, faut voir si on a bousillé les deux prisonniers qui, peut-être, apportaient des tuyaux.

Ce récit manque de clarté. Le factionnaire n'y voit qu'un pauvre attrape-nigaud :

— Laisse-moi passer, ou je te crève... s'écrie Dudule qui voit rouge...

— Qu'est-ce qu'il y a, Dudule?

— Ah! mon aspirant! Vous tombez à pic! Il veut pas me laisser passer. C'est pour vérifier si y a dans le boyau deux prisonniers boches, comme on le dit. Comprenez? Rapport à la mine... Alors, cet enflé-là, il veut pas me laisser passer...

— Allons-y, Dudule. Passez devant.

Dudule achève d'ouvrir son couteau et avance.

— Voilà, murmure Dudule, qui se penche sur deux corps.

— On y voit rien. J'éclaire une seconde, tant pis...

Et il braque sa lampe électrique sur les deux cadavres.

— On dirait qu'il y en a un de vivant...

L'Allemand était blessé au ventre et à la poitrine.

Dudule et l'aspirant le soulèvent, l'emportent lentement, précieusement, jusqu'au poste de secours.

Comme l'aide-major ouvrait sa veste et sa chemise pour examiner les plaies, il mourut.

— Eh, vieux, dis-nous... implorait Dudule, obstinément penché sur le cadavre.

*

L'apaisement était venu. La fatigue avait eu raison de l'angoisse.

L'aspirant avait prononcé des paroles rassurantes sur lesquelles chacun s'était endormi malgré les objurgations de Dudule qui avait, lui, préféré coucher dehors, enroulé dans la toile de tente, plutôt que de s'endormir dans un abri.

Toute la section dormait, moins l'équipe de service qui travaillait à la mine.

Le petit matin venait, peuplé de cette vie animale des champs de bataille, cette vie qui subsiste des bêtes trop petites pour être tuées par les projectiles.

L'air frais de la nuit finissante apportait de loin des odeurs de foins coupés, par-dessus les puanteurs du champ de bataille.

Après trois jours de pluie et d'orage, une belle matinée s'annonçait.

Le froid aux pieds réveilla Dudule.

Au même moment le café arriva, et Dudule triomphant se précipita vers les abris en criant :

— Au jus, là dedans !

Dans un grand sac à distribution, le vaguemestre apportait, comme tous les matins, les paquets et les lettres. On se passait de main en main dans les abris les boîtes de conserves, les tablettes de chocolat, les paquets de cigarettes.

Les têtes souriantes se penchaient sur le papier des lettres ouvertes et s'apaisaient, retrouvaient leur expression naturelle, heureuse de jadis... C'était comme si l'air du pays natal fût venu balayer soudain toute l'horreur de la vie quotidienne.

Dudule, lui, faisait sa provision de gnole.

L'aspirant chantait...

Soudain, la terre s'ouvrit.

Elle s'ouvrit littéralement, de toutes parts, comme si une succession de volcans eussent fusé dans une éruption formidable.

Il sembla que tout ce qui était première ligne bondissait en plein ciel.

La terre les avait soulevés, lancés contre les voûtes... (p. 22).

Tout ce qui était la terre surgissait à des hauteurs vertigineuses dans une confusion d'objets et de corps.

Au milieu des crevassements, Dudule entendit nettement quatre explosions rapprochées, et la nuit presque totale se fit autour de lui — une nuit de Golgotha.

Une cinquième explosion le jeta par terre.

Il se releva sur les poignets, étonné d'être vivant.

La tranchée s'était refermée en plusieurs endroits. L'entrée de l'abri disparaissait complètement sous la craie et les sacs éboulés.

Quelqu'un heurta Dudule. L'aspirant le prenait par la main pour le relever.

— C'est vous, mon aspirant? articula péniblement Dudule, qui oscillait encore sur la terre mouvante.

— Oui.

— Ça y est. Tout a sauté : nos mines et les mines boches.

— Oui, ça y est. Ceux des galeries...

— Bons comme la romaine.

— Faut y aller...

L'aspirant tendait un sac rempli de grenades à Dudule.

— En avant...

Ils se hissèrent sur le parapet, comme ils purent, à tâtons.

Les fils de fer à demi détruits empêtraient leurs bonds.

Ils se déchiraient aux ronces, indifférents, les yeux tendus vers ce qui restait de la « Tranchée Brune ».

Un trou d'obus recueillit Dudule et l'aspirant. Ils soufflèrent... ils ne parlaient pas... Les balles écorchaient la terre autour d'eux... La fièvre des moments de mort les brûlait, les serrait au cou...

L'aspirant essaya de retrouver le puits.

On ne reconnaissait plus rien : une montagne de terre avait recouvert maintenant la plaine de toutes parts. Des collines avaient surgi.

En haut d'un des entonnoirs, à vingt mètres, une tête casquée d'Allemand parut. L'Allemand visait Dudule.

L'aspirant saisit son revolver, tira... L'Allemand disparut.

La bataille commençait, l'une des courtes et rudes batailles des Hurlus, dont on ne connut que plus tard l'importance, et où sans céder un pouce de terrain, les Français, comme les Allemands, tinrent tête à de massives attaques.

**

Le premier choc avait surpris Racarie, Papoul et le caporal Prosper en pleine sape.

Toutes les lumières s'étaient éteintes; la terre les avait soulevés, lancés contre les voûtes, et les avait laissés retomber pesamment sous des pierres. Une complication étrange de rondins et de planches, était établie au-dessus de leur tête et contre leurs membres, les immobilisant presque entièrement, sauf Racarie qui conservait encore la liberté de ses quatre membres.

Le caporal, d'une voix qu'oppressait le poids des terres, appela :

— Papoul!...

Papoul, tendant toute sa force contre la force énorme de tout ce qui l'écrasait, essayait en vain de répondre. Une tige de bois collait sa mâchoire inférieure à son crâne, qu'un bloc de pierre en équilibre fixait.

Quant à Racarie, rien ne semblait l'avoir atteint : il chantait : Hanneton, vole, vole, vole..., et secouait les talons de Prosper en lui demandant, avec un bégaiement qui n'en finissait plus, du tabac.

Prosper, qui pouvait parler, exprimait l'épouvante de tout le monde en mêlant des gémissements de colère sourde à ses paroles.

Au-dessus d'eux, succédant aux chutes de corps lourds, ils entendirent une mitrailleuse et des tonnerres d'artillerie qui se croisaient.

Puis, assez près, des coups de pic.

Fallait-il espérer?

Une explosion nouvelle secoua la sape, et le barrage qui retenait la lourde pierre sur le crâne de Papoul s'effondra...

De la cervelle et du sang giclèrent sur les mains de Prosper.

Racarie ne chantait plus.

Prosper, seul, affolé, se sentait devenir fou; il n'entendait plus que le bruit des gouttes d'eau, la rumeur du combat qui se livrait au-dessus de lui et les coups de pic assez proches... très proches soudain...

Il entendit encore :

— Mein Gott! Ach! Mein Gott!

Alors il se mit à appeler de toutes les forces qui lui restaient vers cette voix d'homme...

*<br>**

Comme, aidé de Dudule et de quelques hommes retrouvés au milieu du chaos des terres, l'aspirant, dans le soir où la fusillade s'apaisait, entassait les sacs de terre autour d'un créneau sur la lèvre du grand entonnoir, il s'arrêta un moment pour regarder derrière lui l'aspect nouveau du terrain sous le crépuscule...

Tant d'horreur grandiose l'étreignait et à ce point stimulait son admiration, qu'il se hissa, un peu trop haut, pour voir plus loin.

L'aspirant s'abattit sur Dudule, le crâne fracassé.

Les sapeurs du génie, en file sombre, arrivaient pour organiser la nouvelle ligne et rechercher l'emplacement des puits.

Des hommes creusaient, répondant de leurs pics aux cris qu'ils devinaient sous les cubes de terre entassés.

En corvées, des brancardiers, sous les collines de terre des entonnoirs, ramassaient les débris humains dans des toiles de tente...

Une bataille de grenades s'établissait pour la forme, de lèvre à lèvre... Des territoriaux apportaient du fil de fer, des rondins, des sacs, des fascines...

Dudule s'emportait, devant le corps inerte de son chef, et, vaguement, grondait :

— Ah! les salauds! Ah! les salauds!...

Le commandant de compagnie passa. Le chef de bataillon l'accompagnait.

— Et celui-ci? dit le chef de bataillon.

— Mais... c'est mon aspirant, répondit Dudule.

Le capitaine se pencha sur lui :

— C'est vrai... Pauvre garçon...

Le groupe s'éloigna.

Et Dudule, dans l'attente des brancardiers, écoutait le martèlement des pics qui préparaient la voie des nouvelles galeries, des nouvelles mines, et songeaient aux camarades qui devaient être morts sous ses pieds...

Il eut un brusque sursaut de colère :

— Ah! si je l'tenais, c'salaud-là...

— Guillaume? interrogea un sergent qui passait.

— Oui! Lui et les autres! et puis surtout l'citoyen qu'a zigouillé les prisonniers l'aut' soir...

FIN

Paris. — Imp. d'Éditions, 9, r. Édouard-Jacques

www.ingramcontent.com/pod-product-compliance
Ingram Content Group UK Ltd.
Pitfield, Milton Keynes, MK11 3LW, UK
UKHW021710090726
13657UKWH00005B/2159